中國書店藏版古籍叢刊

山谷詞

中國書店

出版説明

《宋六十名家詞》，明毛晉編。

毛晉（一五九九—一六五九），原名鳳苞，後改名晉，字子晉，别號潛在，江蘇常熟人。少爲諸生，嗜讀書和宋元精本名抄。年輕時即從事編校刻書，於故里構築汲古閣，專門收藏和傳刻古書，直至去世。所刻書籍，流布甚廣，著名的有《宋六十名家詞》、《十三經注疏》、《十七史》、《六十種曲》、《津逮秘書》等。

《宋六十名家詞》共分六集，包括自晏殊《珠玉詞》至盧炳《烘堂詞》共六十一家。所刻詞集的先後次序，按得詞付刻的時間爲準，不依時代排列。每家詞集之後，各附以跋語，或説明版本，

或介紹詞人，或進行評論。自該書刊刻以來，成爲流傳最廣的宋人詞集之一，是研究詞學的重要叢書。至清光緒年間，錢塘振綺堂汪氏有感於《宋六十名家詞》汲古閣原本日漸稀缺，乃據以翻刻刷印，以便學人。

今鑒於詞集豐富的文學、藝術價值，中國書店據清光緒錢塘汪氏振綺堂刊本擇取部分詞集刷印。由於年代久遠，原版偶有殘損，刷印時特參照原書對殘損之頁進行了必要補配，以保持完整。該書的出版，不僅爲學術研究、古籍文獻整理做出了積極貢獻，也爲雕版刷印古籍的收藏者提供了一部珍稀的版本。

中國書店出版社

壬辰年夏

魯直少時使酒玩世喜造纖淫之句法秀道人誡曰筆墨勸淫應墮犂舌地獄魯直答曰空中語耳晚年來亦間作小詞往往借題棒喝拈示後人如效寶甯勇禪師漁家傲幾闋豈其與桃葉團扇鬭妖豔耶古虞毛晉記

山谷詞

目錄

山谷詞目錄終

宋 黃庭堅

沁園春

把我身心爲伊煩惱算天便知恨一回相見百方做計未能偎倚早覓東西鏡裏拈花水中捉月覷著無由得近伊添憔悴鎮花銷翠減玉瘦香肌 奴兒又有行期你去即無妨我共誰向眼前常見心猶未足怎生禁得眞箇分離地角天涯我隨君去掘井爲盟無改移君須是做些兒相度莫待臨時

惜餘歡 茶詞

四時美景正年少賞心頻啟東閤芳酒載盈車喜朋

侶簪合杯觴交飛勸酬獻正酣飲醉主公陳榻坐來爭奈玉山未頹興尋巫峽 歌闌旋燒絳蠟況漏轉銅壺煙斷香鴨猶整醉中花借纖手重插相將扶上金鞍騕褭碾春焙願少延歡洽未須歸去重尋豔歌更留時霎

水龍吟 黔守曹伯達供備生日

早秋明月新圓漢家戚里生飛將青驄寶勒綠沈金鎖會隨天仗種德江南宣威西夏合宮陪享況當年定計昭陵與子勳勞在諸公上 千騎風流年少暫淹留莫孤清賞平坡駐馬虛弦落雁思臨虜帳偏舞摩圍遞歌彭水沸雲驚浪看朱顏綠鬢封侯萬里寫

淩煙像

看花迴 茶詞

夜永蘭堂醺飲半倚頹玉爛熳墜鈿墮履是醉時風景花暗燭殘歡意未闌舞燕歌珠成斷續催茗飲旋煮寒泉露井瓶竇響飛瀑 纖指緩連環動觸漸泛起滿甌銀粟香引春風在手似粤嶺閩溪初采盈掬暗想當時探春連雲尋篁竹怎歸得鬢將老付與杯中綠

念奴嬌 八月十八日同諸生步自永安城樓過張寬夫園待月偶有名酒因以金荷酌衆客客有孫彥立善吹笛援筆作樂府長短句文不加點

斷虹霽雨淨秋空山染脩眉新綠桂影扶疎誰便道今夕清輝不足萬里青天常娥何處駕此一輪玉寒光零亂爲誰偏照醽醁 年少隨我追涼晚尋幽徑繞張園森木醉倒金荷家萬里難得尊前相屬老子平生江南江北最愛臨風笛孫郎微笑坐來聲噴霜竹

晝夜樂

夜深記得臨岐語說花時歸來去教人每日思量到處與誰分付其奈冤家無定據約雲朝又還雨暮將淚入鴛衾總不成行步 元來也解知思慮一封書深相許情知玉帳堪歡爲向金門進取直待腰金拖紫後有夫人縣君相與爭奈會分疎沒嫌伊門路

逍遙樂

春意漸歸芳草故國佳人千里信沈音杳雨潤煙光晚景澄明極目危闌斜照夢當年少對尊前上客鄒枚小鬟燕趙共舞雪歌塵醉裏談笑　花色枝枝爭好鬢絲年年漸老如今遇風景空瘦損向誰道東君幸賜與天幕翠遮紅繞休休醉鄉岐路華胥蓬島

雨中花慢 送彭文思使君

政樂中和夷夏宴喜官梅乍傳消息待新年歡計斷送春色桃李成陰甘棠少訟又移旌戟念畫樓朱閣風流高會頓冷談席　西州縱有舞裙歌板誰共茗邀棋敵歸來未先霑離袖管絃催滴樂事賞心易散良辰美景難得會須醉倒玉山扶起更傾春碧

醉蓬萊

對朝雲靉靆暮雨霏微翠峯相倚巫峽高唐鎖楚宮佳麗畫戟移春靚妝迎馬向一川都會萬里投荒一身弔影成何歡意　盡道黔南去天尺五望極神州萬重煙水尊酒公堂有中朝佳士荔頰紅深麝臍香滿醉舞裀歌袂杜宇催人聲聲到曉不如歸是

又 竄易前詞

對朝雲靉靆暮雨霏微翠峯相倚巫峽高唐鎖楚宮佳麗蘸水朱門半空霜戟自一川都會虜酒千杯夷歌百轉迫人垂淚　人道黔南去天尺五望極神京

萬種煙水懸榻川迎有風流千騎荔臉紅深麝臍香滿醉舞裀歌袂杜宇催人聲聲到曉不如歸是

滿庭芳 詠茶○或刻蘇子瞻○舊刻六首 改北苑春風是秦少游作刪去

北苑龍團江南鷹爪萬里名動京關碾輕羅細瓊蘂暖生煙一種風流氣味如甘露不染塵凡纖纖捧冰甆瑩玉金縷鷓鴣斑 相如方病酒銀瓶蟹眼波怒濤翻爲扶起尊前醉玉頹山飲罷風生兩腋醒魂到明月輪邊歸來晚文君未寢相對小窗前

又 雪中戲呈友人○ 或刻惜香樂府

風力驅寒雲容呈瑞曉來到處花飛徧裝瓊樹春意到南枝便是漁蓑舊畫綸竿重橫玉低垂今宵裏香閨邃館幽賞事偏宜 風流金馬客歌鬟醉擁馬帽斜欹問人間何處鵬運天池且共周郎按曲音微誤首已先回同心事丹山路穩長伴綵鸞歸

又

明眼空青忘憂萱草翠玉閑淡梳妝小來歌舞長是倚風光我已逍遙物外人寬道別有思量難忘處良辰美景襟袖有餘香 鴛鴦頭白早多情易感紅蓼池塘又須得尊前席上成雙些子風流罪過都說與明月空牀難拘管朝雲暮雨分付楚襄王

又

初綰雲鬟才勝羅綺便嫌柳巷花街占春才子容易

託行媒其奈風流債負煙花部不免差排劉郎恨桃花片片流水惹塵埃　風流賢太守能籠翠羽宜醉金釵且留取垂楊掩映廳階直待朱幡去後從伊便窄襪弓鞋知恩否朝雲暮雨還向夢中來

又

脩水濃青新條淡綠翠光交映虛亭錦鴛霜鷺荷徑拾幽蘋香渡闌干屈曲紅妝映薄綺疎櫺風清夜橫塘月滿水淨見移星　堪聽微雨過髮姍藻荇瑣碎浮萍便移轉胡牀湘簟方屏練霧鱗雲旋滿聲不斷簷響風鈴重開宴瑤池雪沁山露佛頭青

水調歌頭

瑤草一何碧春入武陵溪溪上桃花無數枝上有黃鸝我欲穿花尋路直入白雲深處浩氣展虹蜺祇恐花深裏紅霧溼人衣　坐玉石倚玉枕拂金徽謫仙何處無人伴我白螺杯我爲靈芝仙草不爲絳脣丹臉長嘯亦何爲醉舞下山去明月逐人歸

又

落日塞垣路風勁戛貂裘翩翩數騎閒獵深入黑山頭極目平沙千里唯見琱弓白羽鐵面駿驊騮隱隱望青冢特地起閒愁　漢天子方鼎盛四百州玉顏皓齒深鎖三十六宮秋堂有經綸賢相邊有縱橫謀將不減翠蛾羞戎虜和樂也聖主永無憂

促拍滿路花 往時有人書此詞於州東酒肆壁間愛其詞不能歌也一十年前有醉道士歌於廣陵市中羣小兒隨歌得之乃知其爲促拍滿路花也俗子口傳加釀鄙語政敗其好處山谷老人爲錄舊文以告深於義味者

秋風吹渭水落葉滿長安黃塵車馬道獨清閑自然爐鼎虎繞與龍盤九轉丹砂就琴心三疊蘂宮看舞胎仙任萬釘寶帶貂蟬富貴欲薰天黃粱炊未熟夢驚殘是非海裏直道作人難袖手江南去白蘋紅蓼又尋溢浦廬山

洞仙歌 瀘守王補之生日

月中丹桂自風霜人老閱盡人間盛衰草望中秋纔有幾日十分圓霾風雨雲表常如永晝 不得文章

力白首防秋誰念雲中上功守正注意得人雄靜掃河西應難指五湖歸棹問持節馮唐幾時來看再策勳名印窠如斗

驀山溪

山圍江暮天鏡開晴絮斜影過梨花照文星老人星聚清尊一笑歡甚卻成愁別時襟餘點點疑是高唐雨 無人知處夢裏雲歸路回雁曉風清雁不來啼鴉無數心情老嬾尤物解宜人春盡也有南風好便迴帆去

又 贈衡陽妓陳湘

鴛鴦翡翠小小思珍偶眉黛斂秋波儘湖南山明水

秀俜俜褭褭恰近十三餘春未透花枝瘦政是愁時候　尋芳載酒肯落誰人後只恐晚歸來綠成陰靑梅如豆心期得處每自不隨人長亭柳君知否千里猶回首

又　至宜州作寄贈陳湘

稠花亂蘂一作葉到處撩人醉林下有孤芳不匆匆成蹊桃李今年風雨莫送斷腸紅斜枝倚風塵裏不帶塵風氣　微嚬又喜約略知春味江上一帆愁夢猶尋歌梁舞地如今對酒不似那回時書慢一作罷　寫夢來空只有相思是

又

山明水秀盡屬詩人道應是五陵兒見褒翁孤吟絕倒一觴一詠瀟灑寄高閑松月下竹風閑試想爲襟抱　玉關遙指萬里天衢杳筆陣掃秋風瀉珠璣琅琅皎皎臥龍智略三詔佐昇平煙塞事玉堂心頻把菱花照

望遠行　勾尉有所盼爲太守所猜兼此生有所愛任馬湖馬湖出丁香核荔枝常以遺生故戲及之

自見來虛過卻好時好日這訑尿粘膩得處煞是律據眼前言定也有十分七八寃我無心除告佛　管人間底且放我快活㖒便索些別茶祇待又怎不遇假花映月且與一班半點只怕你沒丁香核

憶帝京

銀燭生花如紅豆占好事如今有人醉曲屏深借寶瑟輕招手一陣白蘋風故滅燭教相就　花帶雨冰肌香透恨啼烏轆轤聲曉柳岸微涼吹殘酒斷腸人依舊鏡中銷瘦恐那人知後鎮把你來僝僽

又　贈彈琵琶妓

薄妝小靨閒情素抱著琵琶凝竚慢撚復輕攏切切如私語轉撥割朱絃一段驚沙去　萬里嫁烏孫公主對易水明妃不渡粉淚行行紅顏片片指下花落狂風雨借問本師誰斂撥當胸住

又　黔州張倅生日

鳴鳩乳燕春閒暇化作綠陰槐夏壽斝舞紅裳睡鴨飄香麝醉此洛陽人佐郡深儒雅　況坐上玉麟金馬更莫問鸞老花謝萬里相依千金為壽未厭玉燭傳清夜不醉欲言歸笑殺高陽社

撼庭行　宰太和日吉州城外作

嗚咽南樓吹落梅聞鴉樹驚飛夢中相見不多時隔城今夜也應知坐久水空碧山月影沈西　買箇宅兒住著伊剛不肯相隨如今卻被天嗔你永落雞羣受雞欺空恁惡憐伊風日損花枝

下水船

總領神仙侶齊到青雲岐路丹禁風微咫尺諦聞天

訴盡榮遇看即如龍變化一擲靈梭風雨　真遊處上苑尋春去芳草芊芊迎步幾曲笙歌櫻桃豔裏歡聚瑤觴舉回祝堯齡萬萬端的君恩難負

歸田樂引

暮雨濛階砌漏漸移轉添寂寞點點心如碎怨你又戀你恨你惜你畢竟教人怎生是　前歡算未已奈向如今愁無計為伊聰俊銷得人憔悴這裏誚睡裏誚睡裏夢裏心裏一向無言但垂淚

又

對景還銷瘦被箇人把人調戲我也心兒有憶我又喚我見我嗔我天甚教我怎生受　看承幸廝勾又

是尊前眉峯皺是人驚怪冤我忒撋就拚了又舍了一定是這回休了及至相逢又依舊

離亭燕 次韻答黎功略見寄

十載尊前談笑天祿故人年少可是陸沈英俊地看即鎖窗批詔此處忽相逢潦倒禿翁同調　西顧郎官湖渺事看庾樓人小短艇絕江空悵望寄得詩來高妙夢去倚君旁胡蝶歸來清曉

千秋歲 少游得謪嘗夢中作詞云醉臥古藤陰下了不知南北竟以元符庚辰死於藤州光華亭上崇寧甲申庭堅竄宜州道過衡陽覽其遺墨始追和其千秋歲詞

苑邊花外記得同朝退飛騎軋鳴珂碎齊歌雲繞扇趙舞風回帶嚴鼓斷杯盤狼籍猶相對灑淚誰

會醉卧滕陰蓋人已去詞空在兔園高宴悄虎觀英
遊改重感慨波濤萬頃珠沉海

又

世間好事恰恁厮當對乍夜永涼一氣雨稀簾外滴
香篆盤中字長入夢如今見也分明是 歡極嬌無
力玉軟花欹墜釵罥袖雲堆臂燈斜明媚瞢汗浹瞢
騰醉奴奴睡奴奴睡也奴奴睡

江城子 憶別

畫堂高會酒闌珊倚闌干 霎時間千里關山常恨見
伊難及至而今相見了依舊似隔關山 倩人傳語
問平安省愁煩淚休彈哭損眼兒不似舊時單尋得
石榴雙葉子憑寄與插雲鬟

又

新來曾被眼奚搐不甘伏怎拘束似夢還真煩亂損
心曲見面暫時還不見看不足惜不足 不成歡笑
不成哭戲人目遠山蹙有分看伊無分共伊宿一貫
一文蹺十貫千不足萬不足

兩同心

巧笑眉顰行步精神隱隱似朝雲行雨弓弓樣羅韈
生塵尊前見玉檻彫籠堪愛難親 自言家住天津
生小從人恐舞罷隨風飛去顧阿母教窣珠裙從今
去唯願銀缸莫照離尊

又

一笑千金越樣情深曾共結合歡羅帶終願効比翼紋禽許多時靈利惺惺驀地昏沈　自從官不容針直至而今你共人女邊著子爭知我門裏挑心記攜手小院回廊月影花陰

又

秋水遙岑妝淡情深儘道教心堅穿石更說甚官不容針霎時閑雨散雲歸無處追尋　小樓朱閣沈沈一笑千金你共人女邊著子爭知我門裏挑心最難忘小院回廊月影花陰

少年心

對景惹起愁悶染相思病成方寸是阿誰先有意阿誰薄倖斗頓恁少喜多嗔　合下休傳音問你有我我無你分似合歡桃核眞堪人恨心兒裏有兩箇人人

又 添字

心裏人人暫不見霎時難過天生你要憔悴我把心頭從前鬼著手摩挲抖擻了百病銷磨　見說那廝脾鱉熱大不成我便與拆破待來時鬲上與廝噉則箇溫存著且教推磨

青玉案 至宜州次韻上酬七兄

煙中一線來時路極目送歸鴻去第四陽關雲不度

山胡新囀子規言語正在人愁處 憂能損性休朝暮憶我當年醉時句舊詩云我自只如常日醉滿川風月替人愁 渡水穿雲心已許暮年光景小軒南浦同捲西山雨

又 寅庵解萍賓宰作今附此

行人欲上來時路破曉霧輕寒去隔葉子規聲暗度十分酒滿舞裀歌袖沾夜無尋處 故人近送旌旗暮但聽陽關第三句欲斷離腸餘幾許滿天星月看人憔悴燭淚垂如雨

喝火令

見晚情如舊交疏分已深舞時歌處動人心煙水數年魂夢無處可追尋 昨夜燈前見重題漢上襟便愁雲雨又難尋曉也星稀曉也月西沈曉也雁行低度不會寄芳音

品令 送黔守曹伯達供備

敗葉霜天曉漸鼓吹催行棹栽成桃李未開便解銀章歸去取麒麟圖畫要及年少 勸君醉倒別語怎醒時道楚山千里暮雲鎖離人懷抱記取江州司馬座中最老

又 茶詞

鳳舞團團餅恨分破教孤令金渠體淨隻輪慢碾玉塵光瑩湯響松風早減了二分酒病 味濃香永醉鄉路成佳境恰如燈下故人萬里歸來對影口不能

言心下快活自省

漁家傲（予嘗戲作詩云大葫蘆挈小葫蘆惱亂檀那得便沽每到夜深人靜後小葫蘆入大葫蘆又云大葫蘆乾枯小葫蘆行沽一住金僊宅一往黃公壚有此通大道無此合人老不問惡與好兩葫蘆俱倒或請以此意倚聲律作詞使人歌之爲作漁家傲）

踏破草鞋參到老等閑拾得衣中寶遇酒逢花須一笑重年少俗人不用嗔貪道　是處青旗誇酒好醉鄉路上多芳草提著葫蘆行未到風落帽葫蘆卻纏葫蘆倒

又（江甯江口阻風戲効寶甯勇禪師作古漁家傲王環中云廬山中人頗欲得之試思索始記四篇）

萬水千山來此土本提心印傳梁武對朕者誰渾不顧成死語江頭暗折長蘆渡　面壁九年看二祖一花五葉親分付隻履提歸葱嶺去君知否分明忘卻來時路

又

三十年來無孔竅幾回得眼還迷照一見桃花參學了呈法要無絃琴上單于調　摘葉尋枝虛半老拈花特地重年少今後水雲人欲曉非玄妙靈雲合破桃花笑

又

憶昔藥山生一虎華亭船上尋人渡散卻夾山拈坐具呈見處繫驢橛上合頭語　千尺垂絲君看取離

鈎三寸無生路驀口一橈親子父猶回顧時驢喪我兒孫去

又

百丈峯頭開古鏡馬駒踏殺重蘇醒接得古靈心眼淨光燦燗歸來藏在袈裟影　好箇佛堂佛不聖祖師沈醉猶看鏡卻與斬新提祖令方猛省無聲三昧天皇餅

醜奴兒

得意許多時長醉賞月下花枝暴風急雨年年有金籠鎖定鶯雛燕友不被雞欺　紅旆轉透逭悔無計千里追隨再來重約瀘南印而今目下恓惶怎向日永春遲

又

濟楚好得些憔悴損都是因它那回得句閒言語傍人盡道你管又還鬼那人唦　得過口兒嘛直勾得風了自家是卽好意也毒害你還甜殺人了怎生申報孩兒

定風波　次高左藏使君韻

萬里黔中一漏天屋居終日似乘船及至重陽天也霽催醉鬼門關近蜀江前　莫笑老翁猶氣岸君看幾人白髮上華巔戲馬臺前追兩謝馳射風情猶拍古人肩

又

把酒花前欲問溪問溪何事晚聲悲名利往來人盡老誰道溪聲今古有休時　且共玉人斟玉醑休訴笙歌一曲黛眉低情似長溪長不斷君看水聲東去月輪西

又

小院難圖雲雨期幽歡渾待賞花時到得春來君卻去相談不須言語淚雙垂　密約尊前難囑付偷顧手搓金橘斂雙眉庭樹清風明月媚須記歸時莫待杏花飛

又次左藏韻

自斷此生休問天白頭波上泛膠船老去文章無氣味憔悴不堪驅使菊花前　聞道使君攜將吏高會參軍吹帽晚風顛千騎插花秋色暮歸去翠娥扶入醉時肩

又

晚歲監州聞荔枝赤英垂墜壓闌枝萬里來逢芳意歇愁絕滿盤空憶去年時　澗草山花光照座春過等閑枯李又纍纍辜負寒泉浸紅皺銷瘦有人花病損香肌

又

准擬階前摘荔枝今年歇盡去年枝莫是春光厮料

理無比譬如瘖瘂有休時　碧甃朱闌情不[illegible]來年枝上報纍纍雨後園林坐清影蘇醒紅蕤剩看香肌

又

上客休辭酒淺深素兒歌裏細聽沈粉面不須歌扇掩閑靜一聲一字總關心　花外黃鸝能密語休誇有花能得幾時斟畫作遠山臨碧水明媚夢為胡蝶去登臨

又　客有兩新鬟善歌者請作送湯曲因戲前二物

歌舞闌珊退晚妝主人情重更留湯冠帽斜欹辭醉去邀定玉人纖手自磨香　又得尊前聊笑語如許短歌宜舞小紅裳寶馬促歸朱戶閉一云醉裏還家明亦未人睡夜來應恨月侵牀

又　河傳　有士大夫家歌秦少游瘦殺人天不管之曲以好字易瘦字戲為之作

心情老嬾對歌對舞猶是當時眼巧笑靚妝近我衰容華鬢似扶著賣卜算　思量好箇當年見催酒催更只怕歸期短飲散燈稀背鎖落花深院好殺人天不管

撥棹子

歸去來歸去來攜手舊山歸去來有人共對月尊罍橫一琴甚處逍遙不自在　閑世界無利害何必向世間甘幻愛與君釣晚煙寒瀨蒸白魚稻飯溪童供

筍茶

蝶戀花

海角芳菲留不住筆下風生吹入青雲去仙籍有名天賜與致君事業安排取　要識世間平坦路當使人人各有安身處黑髮便逢堯舜主笑人白首耕南畝

步蟾宮

蟲兒眞箇惡靈利惱亂得道人眼起醉歸來恰似出桃源但目斷落花流水　不如隨我歸雲際共作箇住山活計照清溪勻粉面插山花算終勝風塵滋味

踏莎行　茶詞

畫鼓催春蠻歌走餉火前一焙爭春長低株摘盡到高株高株別是閩溪樣　碾破春風香凝午帳銀瓶雪衮翻匙浪今宵無睡酒醒時摩圍影在秋江上

又

臨水天桃倚牆繁李長楊風掉青驄尾尊中有酒且酬春更尋何處無愁地　明日重來落花如綺芭蕉漸展山公啟欲將心事寄天公教人長壽花前醉

醉落魄　舊刻五調攷蒼顏華髮是東坡作刪去○舊有一曲云醉醒醒醉憑君會取這滋味濃斟琥珀香浮蟻一人愁腸便有陽春意須將幕席爲天地歌前起舞花前睡從它兀兀陶陶裏猶勝醒醒惹得閒憔悴此曲亦有佳句而多斧鑿痕又語高下不甚入律或傳是東坡語非也與蝸角虛名解下癡條之曲相似疑是王仲父作因戲作二篇呈吳元祥

洏黃中行似能厭道二公意中事
陶陶兀兀尊前是我華胥國爭名爭利休休莫雪月
風花不醉怎歸得　邯鄲一枕誰憂樂新詩新事因
閑適東山小妓攜絲竹家裏樂天村裏謝安石石曼卿自嘲云村裏黃幡綽家中白侍郎

又

陶陶兀兀人生無累何由得杯中三萬六千日悶損
旁觀我但醉落托　扶頭不起還頹玉日高春睡平
生足誰門可款新篘熟安樂春泉玉醴荔枝綠親賢宅四酒名

又老夫止酒十五年矣到戎州恐為瘴癘所侵故晨舉一杯不相察者乃強見酌遂能作病因復止酒用前韻作二篇呈吳元祥

陶陶兀兀人生夢裏槐安國教公休醉公但莫盞倒
垂邊一笑是贏得　街頭酒賤民聲樂尋常行處逢
歡適醉看簷雨森銀燭我欲憂民渠有二千石

又

陶陶兀兀醉鄉路遠歸不得心情那似當年日割愛
金荷一盌淡不招　異鄉薪桂炊香玉摩挲經笥須
知足明年小麥能秋熟不管經霜點盡鬢邊綠

玉樓春當塗解印後一日郡中置酒呈郭功甫

淩歊臺上青青麥姑熟堂前餘翰墨暫分一印管江
山稍為諸公分皂白　江山依舊雲空碧昨日主人

今日客誰分賓主强惺惺問取磯頭新婦石

又 賓易前詞

翰林本是神仙謫落帽風流傾座席坐中還有賞音人能岸烏紗傾大白　江山依舊雲横碧昨日主人今日客誰分賓主强惺惺問取磯頭新婦石

又 次前韻再呈功甫

青壺乃似壺中謫萬象光輝森宴席紅塵鬧處便休休不是箇中無皂白　歌煩舞倦朱成碧春草池塘淩謝客共君商略老生涯歸種玉田秧白石

又 庾元鎮四十兄庭堅四十年翰墨故人庭堅假守當塗元鎮窮不出入州縣席上作樂府長句勸酒

庾郎三九常安樂使有萬錢無處著徐熙小鴨水邊花明月清風都占卻　朱顏老盡心如昨萬事休休休莫莫尊前見在不饒人歐舞梅歌君更酌歐梅當時二妓也

又 用前韻贈郭功甫

少年得意從軍樂晚歲天教閒處著功名富貴久寒灰翰墨文章新諱卻　是非不用分今昨雲月孤高公也莫喜歡爲地醉爲鄉飲客不來但自酌

又

風開冰面魚紋皺暖入芳心犀點透乍看晴日弄柔條憶得章臺人姓柳　心情老大癡成就不復淋浪

沾翠袖早梅獻笑倚窺鄰小蜜竊香如遺壽

又

東君未試雷霆手灑雪開春春鎖透帝臺應點萬年枝窮巷偏欺三徑柳　峯排羣玉森相就中有摩圍爲領袖凝香窗下與誰看一曲琵琶千萬壽

又

新年何許春光漏小院閉門風日透酥花入座頗欺梅雪絮因風全是柳　使君落筆春詞就應喚歌檀催舞袖得開眉處且開眉人世可能金石壽

又

黃金捍撥春風手簾幕重重音韻透梅花破萼便春回似有黃鸝鳴翠柳　曉妝未愜梅添就玉筍捧杯離細袖會拚千日笑尊前它日相思空損壽

又

黔中士女遊晴晝花信輕寒羅綺透爭尋穿石道宜男更買江魚雙貫柳　竹枝歌好移船就依倚風光垂翠袖滿傾蘆酒指摩圍相守與郎如許壽

又

可憐翡翠隨雞走學綰雙鬟年紀小見來行待惡憐伊心性嬌癡空解笑　紅渠照映霜林來楊柳舞腰風嫋嫋衾餘枕賸儘相容只是老人難再少

虞美人舊刻三調攻波聲拍枕長江曉是子瞻作刪去〇至當塗呈郭功甫

平生本愛江湖住鷗鷺無人處江南江北水雲連莫
笑醯雞歌舞甕中天　當塗艤棹蒹葭外賴有賓朋
在此身無路入修門慚愧詩翁清些與招魂

又　宜州見梅作

天涯也有江南信梅破知春近夜闌風細得香遲不
道曉來開徧向南枝　玉臺弄粉花應妒飄到眉心
住平生箇裏願杯深去國十年老盡少年心

南鄉子　重九日涪陵作示知命弟

落帽晚風回又報黃花一番開扶杖老人心未老咍
哉漫有才情付與誰　芳意正徘徊傳語西風且慢
吹明日餘尊還共倒重來未必秋香一夜衰

又　今年重九知命已向成都感之復次前韻

招喚欲千回暫得尊前笑口開萬水千山還麼去悠
哉酒向黃花欲醉誰　顧影且徘徊立到斜風細雨
吹見我未衰容易去還來不道年年即漸衰

又

未報賈船回三徑荒鋤菊臥開想得鄰舟野笛罷沾
衣不爲涪翁更爲誰　風力嫋萸枝酒面紅鱗慳細
吹莫笑插花和事老摧頹卻向人間耐盛衰

又

黃菊滿東籬與客攜壺上翠微已是有花兼有酒良
期不用登臨上落暉　滿酌不須辭莫待無花空折

枝寂寞酒醒人散後堪悲節去蜂愁蝶不知

又 重陽日寄懷永康彭道微使君用東坡韻

臥稻雨餘收處處遊人簇遠洲白髮又挨紅袖醉戎州亂摘黃花插滿頭　青眼想風流畫出西樓一憕秋卻憶去年歡意舞梁州塞雁西來特地愁

又 重陽日宣州城樓宴集即席作

諸將說封侯短笛長歌獨倚樓萬事盡隨風雨去休休戲馬臺南金絡頭　催酒莫遲留酒味今秋似去秋花向老人頭上笑羞羞白髮簪花不解愁

鵲橋仙 次東坡七夕韻

八年不見清都絳闕望銀漢溶溶漾漾銀一作河年年牛

女恨風波算此事人間天上　野麋豐草江鷗遠水老夫唯便疎放百錢端往問君平早晚具歸田小舫

又 席上賦七夕詞

朱樓彩舫浮瓜沉李報答春風有幾一年尊酒暫時同別淚作人間曉雨　鴛鴦機綜能令儂巧也待乘槎仙去若逢海上白頭翁共一訪癡牛騃女

鷓鴣天 或刻蘇子瞻但山邊白鳥作山前白鷺如今更有作于今尚有底事作欲避○

玄眞子詠漁父云西塞山邊白鷺飛桃花流水鱖魚肥青箬笠綠蓑衣斜風細雨不須歸東坡嘗以浣溪沙歌之矣表弟李如箎云以鷓鴣天歌之更叶音律但少數句耳因以玄眞子遺事足之憲宗時畫玄眞子像訪之江湖不可得因令集其歌詩上之玄眞之兄松齡懼玄眞放浪而不返也和答其漁父云樂在風波釣是閒草堂松桂已勝攀太湖水洞

庭山狂風浪起山須還此余續成之意也

西塞山邊白鳥飛桃花流水鱖魚肥朝廷尙覓玄眞子何處如今更有詩　青蒻笠綠簑衣斜風細雨不須歸人間底事風波險一日風波十二時

又 重九日集句

塞雁初來秋影寒霜林風過葉聲乾龍山落帽千年事我對西風猶整冠　蘭委佩菊堪餐人情時事半悲歡但將酩酊酬佳節更把茱萸仔細看

又 坐中有眉山隱客史應之和前韻郎席答之

黃菊枝頭生曉寒人生莫放酒杯乾風前橫笛斜吹雨醉裏簪花倒著冠　身健在且加餐舞裙歌板盡情歡黃花白髮相牽挽付與旁人冷眼看

又 明日獨酌自嘲呈史應之

萬事令人心骨寒故人墳上土新乾淫坊酒肆閙居士李下何妨也整冠　金作鼎玉爲餐老來亦失少時歡茱萸菊蕊年年事十日還將九日看

又

紫菊黃花風露寒平沙戲馬雨聲乾且看欲盡花經眼依說彈冠與整冠　甘酒病廢朝餐何人得似醉中歡十年一覺楊州夢爲報時人洗眼看

又

節去蜂愁蝶不知曉庭環繞折殘枝自然今日人心

別未必秋香一夜衰　無閒事即芳期菊花須插滿頭歸宜將酩酊酬佳節不用登臨送落暉

又

聞說君家有翠娥施朱施粉總嫌多背人語處藏珠履戲得羞時整玉梭　拖遠岫壓橫波何時傳酒更傳歌為君寫就黃庭了不要山陰道士鵝

又　吉祥長老設長松湯為作有僧病痂癩嘗死金剛窟有人見者教服長松湯遂復為完人

湯泛冰甆一坐春長松林下得靈根吉祥老子親拈出箇箇教成百歲人　燈焰焰酒醺醺壑源曾未破醒魂與君更把長生盌略為清歌駐白雲

鼓笛令　戲詠打揭

酒闌命友閒為戲打揭兒非常愜意各自輸贏只賭是賞罰采分明須記　小五出來無事卻跋翻和九底若要十一花下死那管十三不如十二

又

寶犀未解心先透惱殺人遠山微皺意淡言疏情最厚枉教作著行官柳　小雨勒花時候抱琵琶為誰清瘦翡翠金籠思珍偶忽拚與山雞僝僽

又

見來兩兩寧寧地眼厮打過如拳踢恰得嘗些香甜底苦殺人遭誰調戲　臘月望州坡上地凍著你影䠷村鬼你但那些一處睡燒沙糖管好滋味

又

見來便覺情於我厮守著新來好過人道他家有婆婆與一口管教屎磨　副靖傳語木大鼓兒裏且打一和更有些兒得處囉燒沙糖香藥添和

浪淘沙　荔枝

憶昔謫巴蠻荔子親攀冰肌照映柘枝冠日擘輕紅三百顆一味甘寒　重入鬼門關也似人間一雙和葉插雲鬟賴得清湘燕玉面同倚闌干

留春令

江南一雁橫秋水嘆咫尺斷行千里回紋機上字縱橫欲寄遠憑誰是　謝客池塘春都未微微動短牆桃李半陰纔暖卻清寒是瘦損人天氣

南歌子

槐綠低窗暗榴紅照眼明玉人邀我少留行無奈一帆煙雨畫船輕　柳葉隨歌皺梨花與淚傾別時不似見時情今夜月明江上酒初醒

又

詩有淵明語歌無子夜聲論文思見老彌明坐想羅浮山下羽衣輕　何處黔中郡遙知隔晚晴雨餘風急斷虹橫應夢池塘春草若為情

又　東坡過楚州見淨慈法師作南歌子用其韻贈郭詩翁二首

郭大曾名我劉翁復是誰人廛能作和鑼槌特地干

長相待使人疑　秋浦橫波眼春窗遠岫眉普陀巖
畔夕陽遲何似金沙灘上放憨時

又

萬里滄江月淸波說向誰項門須更下金椎只恐風
驚草動又生疑　金雁斜妝頻青螺淺畫眉庖丁有
底下刀遲直要人牛無際是休時

望江東

江水西頭隔煙樹望不見江東路思量只有夢來去
更不怕江闌住　燈前寫了書無數算沒箇人傳與
直饒尋得雁分付又還是秋將暮

一落索

誰道秋來煙景素任遊人不顧一番時態一番新到
得意皆歡慕　紫萸黃菊繁華處對風庭月露愁來
卽便去尋芳更作甚悲秋賦

西江月（老夫旣戒酒不飲遇宴集獨醒其旁坐客欲得小詞援筆爲賦）

斷送一生唯有破除萬事無過遠山微影蘸橫波不
飲旁人笑我　花病等閑瘦惡春來沒箇遮闌杯行
到手莫留殘不道月明人散

又（茶詞）

龍焙頭綱春早谷簾第一泉香已醺浮蟻嫩鵝黃想
見翻匙雪浪　兔褐金絲寶椀松風蟹眼新湯無因
更發次公狂甘露來從仙掌

又 崇寧甲申遇惠洪上人於湘中洪作長短句見贈云大厦吞風吐月小舟坐水眠空霧窗春色翠如蔥睡起雲濤正擁往事回頭笑處此生彈指聲中玉牋佳句敏驚鴻聞道衡陽價重次韻酬之時余方謫宜陽而洪歸分寧龍安

月側金盆墮水雁回醉墨書空君詩秀色雨園葱想見衲衣寒擁　蟻穴夢魂人世楊花蹤跡風中莫將社燕等秋鴻處處春山翠重

又

別夢已隨流水淚巾猶裛香泉相如依舊是癯仙人在瑤臺閬苑　花霧縈風縹緲歌珠滴水清圓蛾眉新作十分妍去馬歸來便面

又

宋玉短牆東畔桃源落日西斜濃妝下著繡簾遮鼓笛相催清夜　轉眄驚翻長袖低徊細踏紅靴舞餘猶顫滿頭花嬌學男兒拜謝

桃源憶故人

碧天露洗春容淨淡月曉收殘暈花上密煙飄盡花底鶯聲嫩　雲歸楚峽厭厭困雨點遠山新恨和淚暗彈紅粉生怕人來問

畫堂春 舊刻二調改東風吹柳日初長是淮海作刪去

摩圍小隱枕蠻江蛛絲閒鎖晴窗水風山影上修廊不到晚來涼　相伴蝶穿花徑獨飛鷗舞溪光不因送客下繩牀添火炷爐香

賀聖朝

脫霜披菡初登第名高得意櫻桃榮宴玉墀遊領羣仙行綴　佳人何事輕相戲道得之何濟君家聲譽古無雙且均平居二一

阮郎歸　曾舅文既聘陳湘歌舞便出其類學書亦進來求小楷作阮郎歸詞付之

盈盈嬌女似羅敷湘江明月珠起來綰髻又重梳弄妝仍學書　歌調態舞工夫湖南都不如它年未厭白髭鬚同舟歸五湖

又　效福唐獨木橋體作茶詞

烹茶留客駐彫鞍有人愁遠山別郎容易見郎難月斜窗外山　歸去後憶前歡畫屏金博山一杯春露莫留殘與郎扶玉山

又　茶詞

歌停檀板舞停鸞高陽飲興闌獸煙噴盡玉壺乾香分小鳳團　雪浪淺露花圓捧甌春筍寒絳紗籠下躍金鞍歸時人倚闌

又　茶詞

摘山初製小龍團色和香味全碾聲初斷夜將闌烹時鶴避煙　消滯思解塵煩金甌雪浪翻只愁啜罷水流天餘清攪夜眠

又　茶詞

黔中桃李可尋芳摘茶人自忙月團犀胯鬭圓方研

膏入焙香　靑箬裹絳紗囊品高閒外江酒闌傳盌
舞紅裳都濡春味長都濡地名

又

退紅衫子亂蜂兒衣寬只為伊為伊去得忒多時教
人直是疑　長睡晚理妝遲愁多嬾畫眉夜來算得
有歸期燈花則甚知

又

貧家春到也騷騷瓊漿注小槽老夫不出長蓬蒿隣
牆開碧桃　木芍藥品題高一枝煩翦刀傳杯猶似
少年豪醉紅侵雪毛

更漏子詠餘甘湯

庵摩勒西土果霜後明珠顆顆憑玉兔搗香塵稱為
席上珍　號餘甘無奈苦臨上馬時分付管回味卻
思量忠言君但嘗

又

體妖嬈鬟婀娜玉甲銀箏照座危柱促曲聲殘王孫
帶笑看　休休休莫莫莫愁撥箇絲中索了了了玄
玄玄山僧無盌禪

淸平樂

黃花當戶已覺秋容暮雲夢南州逢笑語心在歌邊
舞處　使君一笑眉開新晴照酒尊來且樂尊前見
在休思走馬章臺

又

休推小戶看卽風光暮萸糝菊英浮盌醑親賢宅酒名報答風光有處　幾回笑口能開少年不肯重來借問牛山繫馬今爲誰姓池臺

又

舞鬟娟好白髮黃花帽醉任旁觀嘲潦倒扶老偏宜年小　舞回臉玉胸酥纏頭一斛明珠日日梁州薄媚年年金菊茱萸

又示知命

乍晴秋好黃菊欹烏帽不見淸淡人絕倒更憶添丁小小　蜀娘漫點花酥酒槽空滴眞珠兄弟四人別

住它年同插茱萸

又

春歸何處寂寞無行路若有人知春去處喚取歸來同住　春無蹤跡誰知除非問取黃鸝百囀無人能解因風吹過薔薇

又

冰堂酒好只恨銀杯小新作金荷工獻巧圖要連臺拗倒唐龍朔中子母相去連臺拗到俗謂杯盤爲子母又盤爲臺　採蓮一曲淸歌急檀催捲金荷醉裏香飄睡鴨更驚羅襪淩波

好事近湯詞

歌罷酒闌時瀟灑座中風色主禮到君須盡奈宜[illegible]

南北　暫時分散總尋常難堪久離拆不似建溪春草解留連佳客

又　太平州小妓楊姝彈琴送酒

一弄醒心絃情在兩山斜疊彈到古人愁處有眞珠承睫　使君來去本無心休淚界紅頰自恨老來憎酒負十分金葉

又

不見片時雲魂夢鎮相隨著因甚近新無據誤竊香深約　思量模樣忔憎兒惡又怎生惡終待共伊相見與伴伴奚落

謁金門　示卿命弟

山又水行盡吳頭楚尾兄弟燈前家萬里相看如夢寐　君似成蹊桃李入我草堂松桂莫厭歲寒無氣味餘生吾已矣

好女兒　張寬夫園賞梅

小院一枝梅衝破曉寒開偶到張園遊戲沾衲帶香回　玉酒覆銀杯盡醺醺去猶待重來東鄰何事驚吹怨曲雪片成堆　曲一作笛

又

春去幾時還問桃李無言燕子歸棲風勁梨雪亂西園　唯有月嬋娟似人人難近如天願教清影常相見更乞取團圓

又

粉淚一行行啼破曉來妝嬾繫酥胸羅帶羞見繡[illegible]

鴦　擬待不思量怎奈向目下恓惶假饒[illegible]

見了卻去何妨

減字木蘭花 登巫山縣樓作

襄王夢裏草綠煙深何處是宋玉臺頭暮雨朝雲幾許愁　飛花漫漫不管羇人腸欲斷春水茫茫要渡南陵更斷腸

又 距施州二十里張仲謀遣騎相迎因送所和樂府來且約近郊相見復用前韻先往

史君那裏千騎塵中依約是拂我眉頭無處重尋庾信愁　山雲瀰漫夾道旌旗聯復斷萬事茫茫分付澄波與爛腸

又 巫山縣追懷老杜

巫山古縣老杜淹留情始見撥悶題詩千古神交世不知　雲陽臺下更値清明風雨夜知道愁辛果是當時作賦人

又 次韻趙文儀

詩翁才刃會陷文場貔虎陣誰敢當哉況是焚舟決勝來　三巴春杪客館夢回風雨曉胸次崢嶸欲共濤頭赤甲平

又

蒼崖萬仞下有奔雷千百陣自古危哉誰遣西園澑

麼來　猿啼雲杪破夢一聲巫峽曉苦喚愁生不是

西園作麼平

又

餘寒爭令雪共臘梅相照映昨夜東風已出耕牛勸

歲功　陰陰幂幂近覺去天無幾尺休恨春遲桃李

梢頭次第知

又

終宵忘寐好事如何猶尚未仔細沈吟珠淚盈盈溼

袖襟　與君別也願在郎心莫暫捨記取盟言聞早

回程卻再圓

又丙子仲秋奉陪黔陽曹使君伯達翫月作滅字木蘭花兼簡施州張使君仲謀

中秋多雨常是尊罍狠藉去今夜雲開須道姮娥得

得一作特特來　不知雲外還有清光同此會笛在層樓

聲徹摩圍頂上頭

又

中秋無雨醉送月啣西嶺去笑口須開幾度中秋見

月來　前年江外兒女傳杯兄弟會此夜登樓小謝

清吟慰白頭

又

濃陰驟雨巫峽有情來又去今夜天開不與姮娥作

伴來　清光無外白髮老人心自會何處歌樓貪看

冰輪不轉頭

又丙子仲秋黔守席上客有舉岑嘉州中秋詩曰今夜鄜州月閨中只獨看遙憐小兒女未解憶長安因戲作

舉頭無語家在月明生處住擬上摩圍最上峯頭試望之　偏憐終秀苦淡同甘誰更有想見牽衣月到愁邊總未知

又戲答

月中笑語萬里同依光景住天水相圍相見無因夢見之　諸兒娟秀儒學傳家渠自有自作秋衣漸老先寒人未知

又用前韻示知命弟

常年夜雨頭白相依無去住兒女成圍歡笑尊前月照之　阿連高秀千萬里來忠孝有豈謂無衣歲晚先寒要弟知

訴衷情舊刻四首攺珠簾繡幕捲輕霜是六一詞刪去

小桃灼灼柳鬖鬖春色滿江南雨晴風暖煙淡天氣正醺酣　山潑黛水挼藍翠相攙歌樓酒旆故故招人權典青衫

又在戎州登臨勝景未嘗不歌漁父家風以謝江山門生請問先生家風如何為擬金華道人作此章

一波纔動萬波隨簑笠一鉤絲金鱗政在深處千尺也須垂　吞又吐信還疑上鉤遲水寒江淨滿目青山載月明歸

又

旋揎玉指著紅靴宛宛鬬彎訛天然自有殊態愁黛不須多　分遠岫壓橫波妙難過自欹枕處獨倚闌時不奈顰何

採桑子　送彭道微使君移知永康軍

荔枝灘上留千騎桃李陰繁宴寢香殘畫戟森森鎮八蠻　永康又得風流守管領江山少訟多閒煙靄樓臺舞翠鬟

又

虛堂密候參同火梨棗枝繁深鎖三關不要樊姬與小鬟　遙知風雨更闌夜猶夢巫山濃麗清閒曉鏡

新梳十二鬟

又

投荒萬里無歸路雪點鬢繁度鬼門關已揀兒童作楚蠻　黃雲苦竹啼歸去繞荔枝山蓬戶身閒歌板誰家教小鬟

又

馬湖來舞釵初賜笳鼓聲繁賢將開關威竦西山公詔蠻　南溪地逐名賢重深鎖羣山燕喜公閒一斛明珠兩小鬟

又　戲贈黃中行

宗盟有妓能歌舞宜醉尊罍待約新醅車上危坡盡

長醉　西鄰三弄爭秋月邀勒春回箇裏聲催鐵樹

[illegible]詞

又

夜來酒醒清無夢愁倚闌干露滴輕寒雨行芙蓉淚不乾　佳人別後音塵悄銷瘦難拚明月無端已過紅樓十二間

又

櫻桃著子如紅豆不管春歸聞道開時蜂惹香鬚蝶惹衣　樓臺燈火明珠翠酒戀歌迷醉玉東西少箇人人暖被擕

又

城南城北看桃李依倚年華楊柳藏鴉又是無言颭落花　春風一面長含笑偸顧羞遮分付誰家把酒花前試問他

歸田樂令

引調得甚近日心腸不戀家寧寧地思量他思量他兩情各自肯相忙　咱意思裏莫是賺人唦嗽奴眞箇嘚共人嘚

卜算子

要見不得見要近不得近試問得君多少憐管不解多於恨　禁止不得淚忍管不得悶天上人間有底愁向箇裏都諳盡

菩薩蠻　王荆公新築草堂於半山引入功德水作小港其上壘石作橋爲集句云數間茅屋閒臨水窄衫短帽垂楊裏花是去年紅吹開一夜風梢梢新月偃午醉醒來晚何物最關情黃鸝三兩聲戲效荆公作

半煙半雨溪橋畔漁翁醉著無人喚疎嬾意何長春風花草香　江山如有待此意陶潛解問我去何之君行到自知

又　淹泊半山堂寒食節固陵錄事參軍表弟周元固惠酒爲作此詞

細腰宮外清明雨雲陽臺上煙如縷雲雨暗巫山流人殊未還　阿誰知此意解遣雙壺至不是白頭新周郎舊可人

雪花飛

攜手青雲路穩天聲迤邐傳呼袍笏恩章乍賜春滿皇都　何處難忘酒瓊花照玉壺歸嫋絲梢競醉雪舞郊衢

浣溪沙　舊刻四首改西塞山邊白鳥飛是蘇子瞻作刪去

飛鵲臺前近翠蛾千金新買帝青螺最難如意爲情多　幾處淚痕留醉袖一春愁思近橫波遠山低盡不成歌

又

一葉扁舟捲畫簾老妻學飲伴清談人傳詩句滿江南　林下猿垂窺滌硯巖前鹿臥看收帆杜鵑聲亂水如環

又

新婦磯頭眉黛愁女兒浦口眼波秋驚魚錯認月沈鉤青箬笠前無限事綠蓑衣底一時休斜風細雨轉船頭

點絳脣 重九日寄懷嗣直弟明再遊涪陵用東坡餘杭九日點絳脣舊韻二首

濁酒黃花畫簾十日無秋燕夢中相見似作枯禪觀鏡裏朱顏又減心情半江山遠登高人健寄語東飛雁

又

幾日無書舉頭欲問西來燕世情夢幻復作如斯觀自歎人生分合常相半戎雖遠念中相見不托魚和雁

又

羅帶雙垂妙香長恁攜纖手半妝紅豆各自相思瘦聞道伊家終日眉兒皺不能勾淚珠輕溜裛損揉藍袖

調笑令 并詩

海上神仙字太眞昭陽殿裏稱心人猶思一曲霓裳舞散作中原胡馬塵方士歸來說風度梨花一枝春帶雨分釵半鈿愁殺人上皇倚闌獨無語

無語恨如許方士歸時腸斷處梨花一枝春帶雨半鈿分釵親付天長地久相思苦渺渺鯨波無路

宴桃源 書趙伯充家小姬領巾○一刻淮海集畧異○去歲迷藏花柳恰恰如今時候心緒幾曾歡贏得鏡中消瘦生受生受更被養娘催繡

天氣把人僝僽落絮遊絲時候茶飯可曾炊鏡中贏得消瘦生受生受更被養娘催繡

山谷詞終

图书在版编目(CIP)数据

山谷词 / （宋）黄庭坚著；（明）毛晋辑. —北京：
中国书店，2012.9
（中国书店藏版古籍丛刊）
ISBN 978-7-5149-0453-6

Ⅰ.①山… Ⅱ.①黄…②毛… Ⅲ.①宋词—选集
Ⅳ.① I222.844

中国版本图书馆CIP数据核字（2012）第211435号

ISBN 978-7-5149-0453-6

中國書店藏版古籍叢刊

山谷詞

一函一册

作者 宋・黄庭堅 著 明・毛晋 輯
出版發行 中國書店
地址 北京市琉璃廠東街一一五號
郵編 一〇〇〇五〇
印刷 北京華藝齋古籍印務有限責任公司
版次 二〇一二年九月
書號 ISBN 978-7-5149-0453-6
定價 三六〇元